歌集
蓮池譜

目次

I

蓮池譜

Spoken, Handwritten

沈丁花　架空の文字を考えてそれが漢字に似てしまうまで

書かれざる歴史のことを熱く言うきみに蓮池の柳が似合う

冬の河口　だけどどこかの工場でこの光沢を見ていたはずだ

San-fran-cis-co は字余りでなく、 後輩の土産は淡くかおる焼菓子

すべった自己紹介みたいに咲いているアロエが雪の真昼の庭に

簡体字でとったノートを友に貸すぎりぎり感謝されてるらしい

色彩をしばし冬木に貸し与えメジロの羽はふくらみゆけり

予告編で泣いてしまえる映画ありそんなことばかり秘密にして

あかつきのさくら縛りのカラオケはゆるく潰えぬ日の出を前に

てんでんに農機涼める高架下　銀のチューバを掲げていたね

これからする約束をすでに破ってるそういう顔だ生まれつきなんだ

男優に蒙古斑ありモニターに寄ればかすかに波音がする

ハンガーをいくつか踏んでゆく窓辺　半端な月へビールを呷る

夕暮れて春に近づく　バス停の名にのみ残る地名の文字も

肺という三角州ありただいま、と言うときひどく海が泡立つ

冬日和

初春の夜明けの海に狂いたる磁石のごときサーファーの群れ

竣工以前の任意の瞬間にビルは直方体ならざるを
書架の裏側にあなたがいるだけの日本一むずかしい迷路だ

剃るという字に含まれる弟のことを案じている冬日和

Omnia, ad majorem dei gloriam

新校舎完成予想CGの空ひろく濃くひとかげもなし

建て替えて庭のかたちを保つこと　河口のようにためらいはある

戻りたいなんてまた言ううどんってすぐ鼻の穴いってしまうし

谷と谷であうところにダムがあり地図はみな暴かれた折り紙

はしるときからだの使わない部分ぜんぶが音符だよ、肩下げな

制服のセで始まってスで終わるセリヌンティウス踊り場で待つ

吹奏

歯のごとくフルート奏者並み居れば指揮者はすでに呑まれていたり

腹筋のひとつうしろの壁で吹くトロンボーンは平らかな湖

Stephen Melillo《Time to Take Back the Knights!》

熱をもつ防音扉　馴らされたジャズと野生のジャズが行き交う

James Barnes

《Kimigayo》を終楽章に浮かばせてFifth Symphony（だいごこうきょうきょく）《Phoenix》（フェニックス）
鉄琴にしずかに弓を添えきみは見ようみまねのかがやきになる

《星条旗よ永遠なれ》で体力を使い尽くせばコンサートなり

遡上

泰平の春はめぐらん桜木の根が地下鉄をくびり切るまで

うみが呼ぶ　蹴れば自分が痛いって気づいた子から道具をつくる

押し花に向かない花、とそれだけを教えてくれた好い人でした

水害のにおいをいまだ知らなくて銀座線から見下ろす渋谷

がまの穂は暗渠の口にひかりたり善いものを愛するわけでなく

小走りの犬の肛門ながめつつ今朝の歩幅のひろいわたしだ

血の汐を泡立てながら遡上する深海魚群きみの目に見ゆ

Spoken, Written and Printed

待ち合わす大手町駅ありえないほうから風が実際に吹く

「おい、じじい」ときみは呼びくる銀色のUSBを差し出しながら

読むために書くのだろうか履歴書の性別欄をはじめに埋めて

自立する書類カバンに買い替えて公衆トイレでそこを見ていた

買いたいと思ったらもう買っているおはぎ、おはぎは米の惑星

きみが善いことをしたからにんべんのなかのなかむらさんからはがき

間に合わせに買ったシャーペンすべすべとマークシートの縦糸を織る

花がありすぎて花屋ときづかない菊のようだよ控室にて

間が悪く手で押し返す自動ドアその手ごたえで「やれます」という

八朔をおのおの剝いてぼくたちの試論はついに試論どまりだ

ピーラーにじゃがいもの皮ついたまま朝日は深くキッチンを突く

花びらが流れてきてもこれは濠、あなたが見たいのは神田川

船の名

あの笑い声は英語の笑い声　冬の薔薇園とろとろ歩む

2015.10.1　横須賀入港

北向きの入り江は冷えて夕もやにしんと安らうロナルド・レーガン

*

喜望峰まわりで届くサーモンの皮も溶けなん胃は海なれば

1914.8.9　プリマス出港

水差しの氷は氷を沈めつつエンデュランスの美談を憶う

＊

醤蝦を呑むときに鰯はかがやいてアクアリウムの足元暗し

1946.7.25　ビキニ環礁

環礁のただ碧ければ声もなく長門とサラトガのノーサイド

*

水の扉（と）をみなとと呼べり戸を引いて異国の魚もあぶらも招く

2015.4.4　横浜出港

橋げたをくぐる飛鳥（あすか）Ⅱを見送れば観覧車ふたたび動き出す

命

春の海を吹き荒れるのは自転車が前から来ても避けないこども

靴べラで指されて怯むひるまなきゃギャングの国ですぐ死んじまう

おたがいの救命胴衣どつき合う、しぶきも舟の軋みもきれい

噴火したたまねぎの芽のわたしまた笑いごとではない笑い顔

親あひる子あひるすべて平らげて絵本はそれからが本番だ

せきれいの尾のしずけさに五線紙へ定規を当てるきみの右手は

台北

銀行が買って俺らが売るんじゃん？んう、逆じゃん？と両替を待つ

ほがらかな顔と指紋を差し出せば鏡をくぐるような入国

小英（英ちゃん）と総統呼ばれ颱風の二字は画面の真中をゆずる

夜市にはゲームマッソが売られつついい、いいね、傘など飛んでけ

さびれても元と変わらん名の坂で氷屋台は蛍みたいだ

旅行者は順につかれて朝を待つにおいのしないフードコートで

Bloodborne

来日のわけをNintendoと告ぐ同期の北の淡き無気音

瞳(め)と肢の足らぬ生き物ゆえひとは野に街に咬みあうばかりなり

Ebrietas 名づけることが冒涜でましてその名を忘れることは

なずきより獣になるとわかるのだ枕にのこる髪払うとき

起こりうる、　さらば起こらん　血にひかる歯茎ぼうっと鏡に見たり

入社前

ひとつぶがこんなに痰の核になるあまりに当たり前のおこめが

研修のたびに寝返り打つごとく小さくうごくわれらの順位

public（ひらかれて） static（寂たり） void（空たり）　地下墓所を思い引数ひとつを渡す

いまのところ禁句ではない頑張れでお互いの土鍋が焦げていく

まだ寝ない理由は椅子を傾けて明日のほうに探してしまう

のどもとのかゆくなるまで飲む酒がつぎの昼まで当たり前だな

人間はややマシな猿ややマシなひとに二本の畝を預ける

幟

わたつみの陸（おか）に攻め入る試みをおだしき冬の河口に見たり

河底のつぶてをひとつ攫っては小さく鬨をあげる海鳴り

砂防林よるは冷たき森となり眠らぬ鳥を匿っている

去り際に返り見すれば浜に立つ幟はすべて陸へ傾げり

惜しげなく地元と言えば氷雨降るなぎさになおもサーファーが浮く

宴

生臭いトラックがいる昼前の御徒町をおいしくしにきた

相槌がうまくてまるで聞いてないもみじおろしのかがやく小鉢

サプライズいつだかうまくやったっけ花火の煙(けむ)は恋しいけれど

胃が細くなったときみは笑うんだそれがたましいの器なのに

きみの憂いは法外で、 お開きになるまで海老の尾を噛んでいる

枝豆のからからつやがなくなって眠りのように勘定に立つ

おしぼりで折った鶴だよ頸垂れて百鬼夜行のしんがりをなす

あなた方が今まったく想像していないことが

振袖のうえにガウンを羽織りつつからすのように笑うともだち

学位記授与、送辞、答辞、そのたびに手話通訳は交代をする

医学部の四年がひとり装って忍び込みたり　遠鳴りの東風

みな可能な選択肢から選ぶのだかなめの若葉燃える季節に

とびきりのゲスい笑顔で写っている気がする、いいや。指に日が射す

また今度（今度）別れの挨拶は存外バリエーションに欠ける

II

ふすま絵

ふすま絵の鶴と鶴とのへだたりでおとうとと立つ新墓の前

笹の葉にてんとう虫の中心へ向かう引力ゆらめいており

せみという弾丸の痕いちめんに散らして墓所の砂は濡れたり

うつむけば父がだれかの孫となり父の背に木洩れ日がなだれる

いつか大人びてはなそうおとうとは卒塔婆を提げるわたしは担ぐ

地ビールのあわ消え残り父と叔父それぞれに持つ命名規則

今日ひとひ無駄にサドルを温めた自転車むだにサドルをはたく

救われたふりして感謝していれば点々とかがやくマンホール

暗幕のむこうに夏の雨を聴く火をおそるればその懼れが火

空総て潮のにおいの町にいる　遅れていってきみを追い抜く

線香のかおりを強いて吸い込めば雲踏み越えてそだちゆく雲

夏天Ｉ（Landscape）

みなと風　吊り広告を取り替えるひとのめがねに虹は映れり

鉄橋をくぐり来て後いよよ速く川鵜はるかの岸にきらめく

琉球朝に平らげられしいにしえの島をおもえば美しき浜木綿

鷹狩へゆく少年の自転車よ　蚊柱裂きて鷹しずかなり

スプーンが反るにまかせてひかるから、夏いちご火の味と思いぬ

恋人をギターで殴る挿話ひとつとばして二巡目を読み終えつ

ホンイツであがって水を飲みに立つ打ち明けごとは聞かざるままに

水場

きみの手がすだちを搾るかたちして振り込む親のチートイドラ二

ううんともうんともいわず火傷せる舌を舌もてあじわうばかり

賭け金を積み増したとは思ってる軒に燕のすむ投票所

自転車はあしながばちを追い抜いて抜き返されて水辺に到る

みずうみへゆく道すべて下り坂たのしくて数える楽しくて

それぞれの水場をおもう来るたびに通路の狭くなる文具屋で

相模湾かくも小さくまるく閉じヨットの白き列もだえたり

夏天Ⅱ（Xiatian）

物置でひだりがみぎを踏んでいたサンダルまだまぶしがっている

鍵穴にさしっぱなしの祖父の鍵　梅雨のもどりを揺れる碇は

軍港へつづく線路よぬか雨のひびきが音になりきらないで

アメリカ兵へ冗談でする敬礼の肘だけ受けているそぞろ雨

半島を海へ曳きたるもやい綱いさかう鳥をきみはわらって

百日紅はつはつひらく坂道をのぼればのぼるほど雲が重いよ

デネブベガアルタイルみなつつましくまぶたへ注ぐアラブの名詞

不意打ちに芝かおりたち、蹴る足と、軸足と、って考えてしまう

夏(Xia)という野風のような強勢を均してシャーさんのスローイン

体温の走れば上がる素直さに笑いつかれている肺だった

おおがらな女性が shit とくりかえすその二回目を字幕は省く

ウズベクのぶどうと水をけなしつつ友のひづめのような歯ならび

犬のふんを轢きこえてくるベビーカー勝って帰ってきた母親よ

なすを割く役に立たないやさしさをたくわえるため食べているんだ

涼風よ免税店の垂れ幕は欢迎光临（ホアンインクアンリン）はためきやまぬ

水鏡あて先のない花束を両手のゆびであたためている

からだとかお

屠畜場に牛の眼赤し吊られいる牛の躰のひとつを見たり

この臭いで胎より出でし私かと　だがたちまちに慣れてしまいぬ

「卸先スーパーごとに要望の厚さがちがうため手作業で」

みどり濃きハラルマークのトラックの鼻を横切る　浅き礼して

跳ぶときにもっとも硬き太腿よ　ひとも雌牛も跳ぶ夏の牧

ゼミ室に差額関税方式を是非してぼくら花韮の貌

Grant Them Eternal Rest

橄欖油ためらいがちに鍋へ落ちキリエ雨より海は生まれき

ぬばたまのグロリア狭き卓上に塩きらきらと星の死を告ぐ

大匙に味醂のおもさ支えつつゆめうつつなれゆうべのクレド

酒精がとんで何が残るかわからない小さき家族へのサンクトゥス

今日ひとひ何も学ばずアニュス・デイ醤油の瓶に頰を映して

夏天Ⅲ（Soundscapes）

エナメルのかばん提げつつ少年の片手の手話は駅にひらめく

沢庵を嚙むとき骨で聞くおとがふとよみがへる宵の地下鉄

アザーンの声ふるへつつ空に充ちしんずるは識るしるは信ずる

Fastlane (Bad Meets Evil)

野卑にしてなほも祈りだ Ya, nigga. に Ya. とこたふるあたはざれども

指し手より飛車になりたき盤面を脇から見をり　蝉声そそぐ

おとうとが祖父に敬語をつかふのを聞きつつ掻きまはす生卵

カラオケのつやめく卓を囲んでは誰も告げ口するごと歌ふ

本能（椎名林檎）

柞葉の椎名林檎よ蹴破りしガラスが浅きねむりに沁みて

みづからの肌を裂きつつ樟ふとり拍を打たぬを葉脈といふ

（味でなく）（かをりでもなく）黙禱を終へてふたたびマグを手に取る

火の鳥（Igor Stravinsky）

火の鳥のふたたびの生イゴールはつひに故国へ還らざりしを

平鍋に油の泡ははじけたり島産むごとく鰈を据ゑぬ

君が代（Franz Eckert）

この短歌（うた）に勝てる気がしない〈君が代〉の譜面にシャープふたつがひかる

波音は水面のおとに過ぎざればうなそこにあるガレー恋ほしも

夏に順う

天頂に咲くさるすべり春すでに町を見下ろすまぶたは生(あ)れぬ

くもり日の砂黒ければ海黒く十年ここに祖父と暮らせり

海となら盛り土のうえの国道が境だろう　まだ戻れるだろう

かんたんに街を愛する　郵便局跡地は郵便局より広し

北へ行くあさの列車の人ならば腎のあたりが弱冷房車

病院を憎みて祖父は鮭のカマ大きを買いて帰りきて焼く

木は老いて痩することなし梅の実のみどり重たく庭を統べつつ

婿と目を合わさぬ舅スラッシュの入った表札の家にいる

男らの傷の治りが早すぎるそれを漫画と呼ぶのだろうか

とうぶんは母が最も忙しく牡蠣殻のごと書類を広ぐ

子機を取り祖父へと渡す　空梅雨のにぎわいをもつ大伯母のこえ

気休めに雨は降るなりからたちの葉の茂りつつとげを蔽わず

大伯母の津軽訛りよ祖父からは幾年かけて剥がれし雲母

がんに慣れがんに馴れずに吐く祖父へかたち無きまでなすを煮るのみ

大学を帰れば磯臭い駅にまたしゃがみこむ祖父を見つけた

鮭だけはみずからで買うこの人に肩を貸したらこう重いのに

このごろは医師の悪口など言わず湯呑に沈むままの入れ歯よ

アメリカにいってこいよと俺に言う　そのうちね、この鮭を焼いたら

入院を決めてそれから早かった　すうっと父が見舞いに混ざる

病室は人から花が咲きそうな湿り気の部屋丘のふもとに
くちびるは酸素マスクの内側で歯のなき口へ流れ落ちたり

じいちゃんがじいちゃんのじいちゃんを呼ぶ孫の孫だが指を握った

「献体を望むあたりがテツらしい」聞いたらしさも祖父らしさとす

鮭のことことさらに言う弔辞なり長女の長男の任なれば

黄ばみたる冊子預かる　寺山は彼におそらく英雄たりき

老い人のいちにん去りて家はなお老い続くのみ　夏に順う

アラックを濁らする水ひとしずく、ひとの雫が杯に落ちるよ

かなぶんを拾う　ただしい向きに置く　出窓の西は雨雲である

夏天Ⅳ（Fumble）

吽形にいます花屋の真向かいに今朝ひらきたり阿形の花屋

賽子に振らるるわれと覚ゆれどファンブルはまさしく目出度きや

とはいって好きと疲れは天秤の同じき皿に積む角砂糖

縒れながらひらけば薔薇は口のようわれもわれも安堵したきのみ

水遣りを鉢に欠かさず専制の天寿まっとうする例多し

不細工な花火をしよう夏という季節自体が死に似合わない

Poisson

雨降りにアイス買いたる六人のうちの五人を誤差と呼ぶこと

売れるとは馬に蹴られるようなこと胡椒に嵌めるポアソン分布

台風の日ごとデータを塗りつぶし予測値にまた凪をもたらす

ＡＩと呼ぶかはマーケ部にまかす窓のない職場に慣れそめて
スライドにうねる積み上げ棒グラフオレンジ色に映える未来は

投資対効果を示せカサンドラ当たるところで王は聞かぬぞ

Poisson の遠祖釣り人なりけんや誰しも魚(うお)の末裔なれど

くたびれてくたばるまでは長いからよく曲がる頸椎ありがたい

器

おととしと今年は挟み撃ちだから逃げてね冬の鳥は上手に

ふかぶかと食器をゆすぐ不摂生うれしきころの思い出として

生きたいしそのうえ生き延びたいからそこかしこにお祭りを注ぐ

三月にまた見に行こういちどめはうつくしかった縄文土器を

人狼・夏

おとといの雨で最後に逃げ延びた水をよけそこなう青い靴

真季さんの気合まかせのレイアップシュートが夏に二点加えた

逆転がやさしくないと知っていて残暑なおさらぼくたちを駆る

（いっしゅん思い出して、忘れる）芝刈りの音が聞こえて姿を見ない

秋の入り口に小さくお辞儀して土手のガードをくぐる自転車

スーパーはサンダル履きにやや寒く片手でやっと実をわしづかむ

肩よりもひくい頭はどうもうでそのまま鍵を探しつづけた

てのひらを机に打てばてのひらはてのひらのかたちに痛むのみ

小説にニュースにサバナ加害者にばかりに肩入れしていた夜だ

魔法

俵っていわれてみんなばらばらのふとさのまるをうででつくった

まだましなほうの魔法と先輩はわたしのミスを評して笑う

馬鹿だからゆっくり言って、言えたんだ　嗄れ声の吹き通る辻

淵をゆく白鯉のよう傘越しにのぼるエレベーターの明かりは

冗談の継ぎ目に魚影　知っている電話には本題のあること

共通の友の不幸が回線を行き来してゆききして夕暮れ

卒業ぶりに呑めばハマチはすぐに消え異なる税を嘆くふたりよ

おまえほんと変わんないなと言いながらいつとも比較していないのだ

猫耳で目が死んでいるイラストの下を八歩で歩み過ぎたり

舗装路が冬の祠を避けてゆくなだらかな弧のようにうなずく

人狼・冬

気の早い生前葬だ電飾に巻かれて北口の大けやき

喧嘩にはならないだろう長財布尻に差したる男同士で

あざやかな二番煎じが候補から下りず会議は河口を目指す

えんがちょは祖母に習ってそれきりの語彙駆け降りるエスカレーター

海よりも塩といのちに薄けれど味噌汁をこころで信じるよ

分の悪い賭けを制して先輩のいささか騒がしい無精ひげ

ままごとの見積もりを述べ みずからの業務のけもののみちへと帰る

青空に爪立ててひくすじ雲へかざせば人狼のたなごころ

まだ眼鏡拭いていているけど次のプロジェクトに次の先輩がいる

C95

前泊の蒲田は冷えて小（ち）さき窓をゴジラの膝が横切っていく

折りたたみいすと着替えで半分のリュックはきゅうと胸に収まる

有明の夜明けカイロを一つずつ靴に詰めたるわれも海豹

CP（カプ）ひとつ買い尽くしては次の島、欲の島へのバタ足つづく

神楽鈴　色紙に凛と立つまでのみな違う横顔を見ていた

あなたとも平成最後MVをつくる胡乱なたくらみをして

本棚をamazonで買いamazonで買えない本を盛り付けていく

犬の笑み

柴犬のほほえみに似た険しさでいつものかたい蛇口をひねる

おかわりの欲しい今年になったかな窓拭けばとなりの窓が揺れ

ｉだけが小文字のロゴのような顔　遠くからはしゃいでみせてくれ

歯磨きの長引く朝よ交代で油断しながら生きてゆけたら

残機

首都高の高さの窓で息をつくあいつはだめですと俺も言う

後輩が残機に見えている夜の埃のうすく積もるモニター

草いきれ　長い休みをもらってもインド映画に耳が慣れない

荷造り紐食って瀕死のルンバにも微笑む　子など持つまい子など

なまくらになるのがいまは正しくて寝ざめの暗い天井を見る

禍話

書机に湯気は儚しパルメザンチーズが彼我を失うあいだ

未曽有の病にはあらず仮装用ペストマスクを枕辺に置く

訪ねよと祖母が電話をまた寄越す　断る声を低く落とした

外出を避ければ祖母は歩けなくなるだろうそうしてほしいのだ

退職の理由も画面越しに告げかやの綿毛のように去りゆく

エンドロールなきこれの世に花見たりヴィランは死ぬか惨く死ぬかだ

青嵐　鰯が飛んでいるようなにおいの町に平日もいる

つつがないテレワークなり五月雨は「五月雨式」としか使わない

スーパーの棚に満ちては干いていく納豆在庫ひとつを握る

ツイキャスをつけっぱで寝る永らえば誰もが怪談の語り部だ

夏の明度

砂まみれさらに手形にまみれたる軽自動車の扉よ　風よ

浅はかを誇ったことがわたしにもきみにもあれば夏を過ごせる
言いがかりにも似た色で朝顔が夢のつづきの絵を曳いてくる

軟膏が暑さに今日も負けていて語尾から流れゆく自制かな

エアコンをつければここは職場だなベッドにきのう放ったギター

同数のビールとレッドブルの缶蒼く水曜日をかがやかせ

前屈を妨げる肉　まだつよく醜くなれる。わたしはなれる

食卓に羽蟻をはらい疫病は透明のまま夏暮れてゆく

吹奏・再

気の利いた柄の切手だ次に会うときにあなたはガリレオの月

いつからか目を閉じてするチューニング闇にのけぞるから上振れる

月に二度吹いてますます下手になるトロンボーンを槍のごと負う

ドラマーになった同級生へ打つ LINE スタンプ畏れを見せず

体温になった楽器が冷えていく長い休符が平日だろう

やがて飽き忘れるためのメロディーよ夏の楓の濃い色をして

遅れていてさらに遅れていく日々の川面に鼻歌を置いていく

行けよ

パーカーのフード乾かぬ一晩を　悪意は肩のうしろより湧く

会議からつぎのリモート会議まで背伸びは渡り廊下の代わり

ポロシャツの胸に伏せたる狼は伏すのみアジェンダの最後まで

天国にきみしかいなくても行けよ河原をずっと撫でていく風

梅の咲くうちはとどまる市庁舎が街に似合わぬことも愛して

乾電池腹からこぼしつつ進む　燃えてもまだ旨いプロジェクト

すぐ老いてまったく朽ちてそれからを過ごすなら良いすすきの野原

空き腹を油であたためただけの心とからだでも会いに行く

連星と重力

記憶では宝だそれは短くて太くて泣いて束にしていく

うしろから前から襲う霧雨の理不尽でないこわさを思う

今生も後生も駆けよ　浮き草のいろどる淵の半周だから

毛布にもこたつ板にもめぐまれてめいめい冬の目印になる

かさなった軍手や軽い卵殻をすきとおる手の髄でおぼえる

替え歌に興味本位のイントロを　力に満ちたエリカの花を
連星と重力のこと　学ぶのは真似でもあなたのは嘘じゃない

ファンクションキーの触ったことのない最後のひとつ　花浴びて立つ

花の譜

青雀が花になるのを止め得ないライブ最前列手すりなし

熱く暗く、靴さわがしく、箱のなか、肺の空気を揺すられていた

音楽に少しは騙されているよ　あなたは花の、不可解の射手

あとがき

この歌集は、第八回現代短歌社賞受賞作「蓮池譜」を改稿したものです。応募時から歌を入れ替えましたが、歌数はちょうど三百首を維持しました。二〇一四年から二〇二一年春まで、Ⅰ章とⅢ章はおおまかに時系列に沿い、Ⅱ章は夏の歌ばかり百首という構成です。

私の思考が、体調や気分に揺り動かされてしまうこと。経験を出ようとする想像力自体が、私の経験と学習により形成されていること。

飽きることが「飽きたくない」という望みごと流し去ってしまうこと。忘れることが「忘れない」という誓いごと吹き飛ばしてしまうこと。時に、人との議論が平行線になると最初からわかってしまうこと。してはいけないことを「しない」ことで、私がそれを「しうる」ということは消えないこと。

心は常に弱く、言葉は常に弱く、人間は脳と肝臓の発達したサルで、私と独裁者の違いだって誤差のようなものなのかもしれません。老いることや傷つけることに怯えながら、この場所この時間この肉体にとどまって生きていくために、私はときどき音楽や統計学や海岸の風景に頼り、そして短歌にも頼ってきました。

頼り続けてきたことが形になったのを嬉しく思います。

現代短歌社の真野少さん、装丁を担当してくださった藤井克彦さんをはじめ、本書の出版にかかわる皆様に心から感謝申し上げます。松村正直さん、谷川由里子さん、川野芽生さん、お忙しいなか丁寧な解説を寄せてくださりありがとうございました。

未来短歌会、旧本郷短歌会、ガルマン歌会、そのほか名前を挙げきれない多くの歌会で、皆さんの詠んだ歌と評、それらを読み上げる肉声、そのすべてが私の糧になってきました。私が短歌を続けている一番の理由は、未来富山大会の折、黒瀬珂瀾さんにかけて頂いた言葉で、これぱかりは忘れることはありません。日頃お世話になっている友人や家族にも改めて感謝を伝えたいです。私はどれほど恵まれていたことかと思います。

最後に、この歌集を手にとってくださり、誠にありがとうございます。この本が文芸書であると同時に楽譜であり、呪文の書でもあるように願って「れんちふ」と題をつけました。気分の乗ったときに、一首だけでも口に出して呟いて頂けると幸いです。あなたのそれが一番良い演奏です。

二〇二一年　晩夏

著者略歴

一九九二年、東京生まれ。二〇〇三年以降神奈川県藤沢市在住。
二〇一四年、作歌を開始。未来短歌会に入会。
二〇一五年、本郷短歌会に入会。
二〇一七年、本郷短歌会卒業。
二〇二〇年、「蓮池譜」三百首で第八回現代短歌社賞受賞。
二〇二一年、鉄線歌会結成。

歌集　蓮池譜

二〇二一年九月二十八日　発行

著　者　西藤　定

発行人　真野　少

発行所　現代短歌社

〒六〇四-八二一二
京都市中京区六角町三五七-四
三本木書院内
電話　〇七五-二五六-八八七二

装　丁　藤井克彦

印　刷　創栄図書印刷

定　価　二七五〇円（税込）

ISBN978-4-86534-380-9 C0092 ¥2500E

gift10叢書 第39篇

この本の売上の10%は
全国コミュニティ財団協会を通じ、
明日のよりよい社会のために
役立てられます